私たちは、生まれると同時に、
底のない砂時計を受け取ります。

ひっくり返したとたん、
砂はどんどん落ちていきます。

それが、人生のスタートです。

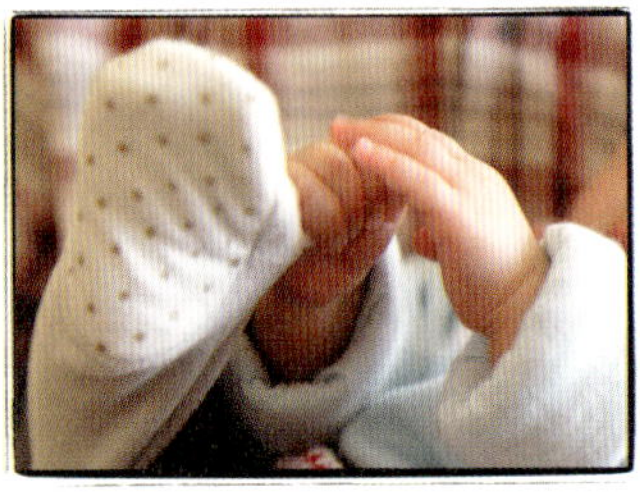

あした元気になるために

人生の時間銀行

あなたは、1冊の預金通帳を持っています。
その通帳には、毎朝、銀行から
8万6400ドルが振り込まれます。
しかし、夜には、
口座の残高は空っぽになってしまいます。

つまり、８万６４００ドルのうち、
あなたがその日に使いきらなかったお金は、
すべて消えてしまうのです。

あなただったらどうしますか？

もちろん、毎日、
全額を引き出して使いますよね？

私たちは、ひとりひとりが
同じような銀行を持っています。

それは、〈時間〉です。

1日の始まりに、
あなたには、8万6400秒が与えられます。

1日の終わりに、
あなたが使いきれなかった時間は消えてしまいます。

時間は、
貯めておくことが
できません。

時間は、
貸し出すことも、
あげることも
できません。

もし、その日の預金を
使いきれなければ、
あなたは大変な損をした
ことになります。

時間銀行のお金を使いきれない人は、こんな人です。

「忙しい、忙しい」が口ぐせの人。

「明日やるから」と先のばしにする人。

「あのとき、こうしていれば」と悔やむ人。

「時間がない」と言う人は、時間の使い方のへたな人です。

こんな人は、一生、時間と友だちになれないでしょう。

時間の使い方のへたな人は、よく〈時間泥棒〉になります。

待ち合わせの時間には、
必ず遅れてきます。
忙しいときにかぎって、
どうでもいい電話をかけてきます。
みんなが待っているのに、
もたもた靴ひもを結びます。

もっともたちの悪い時間泥棒は、
不注意による「病気」と「ケガ」です。

重い病気になると、何カ月も入院しなくてはなりません。
大きな事故にあうと、
一生涯取り返しのつかないことになります。

病気やケガは、忙しいときに発生しがちです。

でも、もしかしたらこれは、「ちょっと休みなさい」という、
メッセージなのかもしれません。

時間は、とても貴重なものです。
私たちは限りある時間を大事にしなくてはなりません。
そのためには、どうすればよいでしょうか？

時間を大切にする方法はとても簡単です。

明日、死ぬと思って生きなさい。
永遠に生きると思って学びなさい。

これは、マハトマ・ガンジーの言葉です。

時間を大切にしているのは人間だけではありません。

不思議な木の話をしましょう。
アフリカにある「歩く木」を知っていますか？

この木は、根がタコの足のようになっていて、
光を求めて、1年間で十数センチ動きます。

光の当たるほうに根を伸ばし、
影になったほうの根は腐っていきます。

1時間や1日ごとに観察しても、木は止まって見えますが、
1年という単位で見ると、かなりのスピードで動いています。

この木は植物でありながら、
生き残るために、「歩く」努力をしているのです。
植物でさえも、巧みに時間を利用して生きています。
あなたは、時間を大切にしていますか?

1年の価値を理解するには、

入学試験に失敗した学生に聞いてみるといいでしょう。

1カ月の価値を理解するには、

お腹にあかちゃんのいる母親に
聞いてみるといいでしょう。

ABCDEFGHIJK
LMNOPQRSTU
VWXYZ

1週間の価値を理解するには、

週刊誌の編集者に
聞いてみるといいでしょう。

1時間の価値を理解するには、
待ち合わせをしている
恋人たちに聞いてみるといいでしょう。

1分の価値を理解するには、
ちょうど電車を乗り過ごした人に
聞いてみるといいでしょう。

1秒の価値を理解するには、
たった今、事故を避けることができた人に
聞いてみるといいでしょう。

0・1秒の価値を理解するためには、

オリンピックで銀メダルに終わってしまった人に
聞いてみるといいでしょう。

あらゆる陸上競技の選手と、あらゆる水上競技の選手が、
たった0・1秒を縮めるために、何万時間と練習をしています。

時間は、
とても不思議な力を
持っています。

時間は、どんな薬よりも効きめがあります。

ケガした体を治してくれます。
傷ついた心を癒してくれます。

時間は、どんな暴君よりも
冷酷な破壊者です。

エジプトのピラミッドでさえ握りつぶし、
遠い未来には砂つぶに変えてしまいます。

時間は、天才的な指揮者です。

あらゆる宇宙の星々を規則正しく動かしています。
あなたの呼吸や血液の流れさえも管理しています。

この〈時間〉を、あなたは所有しています。
あなたの持っている時間は、
さらに不思議な力を秘めています。
あなたが望めば、何とでも交換できるのです。

朝、あなたは、時間と「ごはんを食べること」を交換しました。
そして、1日の活動に必要な「栄養」を受け取りました。
昼、あなたは、時間と「仕事をすること」を交換しました。
そして、「給料」を手に入れました。
夜、あなたは、時間と「恋人と過すこと」を交換しました。
そして、「愛情」をもらいました。

あなたは、明日、
時の砂を
何と交換しますか？

お金

夢
成功

勉強
語学
読書

休憩
睡眠

友情
恋愛

出会い
別れ

知識
技術
経験

幸せ
不幸せ

優しさ
悲しさ

友人
仲間
恋人

運動
ダイエット

憎む
傷つける
許す

発明
発見

戦争
平和

笑顔
泣き顔

「Time is money」とよく言いますが、
「Time」のスペルを逆さまに読むと、
「Emit」となります。
「Emit」とは、「お札を発行する」という意味です。
まさに、「時は金なり」なのです。

あなたにとって、
時間とは何ですか？

Time is（　　　）

（カッコに入る言葉を考えてください）

Time is ギフト
時間は神さまからの贈り物です。

Time is チャンス
時間は、あらゆる可能性を秘めています。

Time is アドベンチャー
人生はたった一度きりの冒険です。

Time is ギャンブル
そんな人生を送っている人もいますね。

Time is ラブ
恋の成就には時間がかかります。

Time is ミラクル
そうそう、時には奇跡も起こります。

時間とは何か？
世界の国々では、
こう語っています。

「時はすべてを隠し、また暴く」ドイツ
「梨は熟すと自ら落ちる」イタリア
「神はひとつのドアを閉めても、
１０００のドアを開けている」トルコ

「湿っているうちに粘土で作業しなさい」アフリカ

「急いで行こうと思ったら、古い道を行け」タイ

「幸せは去ったあとに光を放つ」イギリス

「涙ほど乾くのが早いものはない」フィンランド

「少年老い易く、学成り難し」中国

「明日の2日よりも、今日の1日」と
世界中で言われています。

これは、

「今、生きている時間をもっとも大切にせよ」

という意味です。

常に、「今」が、人生のスタート地点なのです。

英語で「今」という言葉は、
「Ｐｒｅｓｅｎｔ」と書きます。

ところが、その単語を
「Ｐｒｅ」と「ｓｅｎｔ」に分けると、
「すでに」「送られているもの」という
意味になります。

時間は、「今」ここにあるのに、
すでに「過去」のものなのです。

英語で「今、ここにある」を
「Now Here」と言います。

ところが、その単語を、
「No」と「Where」で区切ると、
「どこにも、ない」という意味になってしまいます。

時間は、今ここに「ある」のに、
どこにも存在し「ない」のです。

時計の砂は落ち続けています。
あともどりさせることは
できません。

あなたは、「今」を
生きなければなりません。

与えられた時間に
最大限の投資をしましょう。

そして、最大の健康、
幸せ、成功を生み出しましょう。

あなたの持っている一瞬は、
かけがえのないものです。

あなたがだれか
特別な人と
過ごしているのならば、
そのときを十分に
大切にしましょう。

その人は、
あなたの時間を使うのに
十分ふさわしい人でしょうから。

最後に、
これは怖ろしい
ことですが、
真実を伝えます。

時間が、
過ぎ去っていくのでは
ありません。

私たちが、
過ぎ去っていくのです。

私たちは、悠久の時間の流れのなかに、
ほんの一瞬、存在するにすぎません。

それこそ、花火のような人生です。

しかし、命のきらめきは終わりません。

遺伝子の火種は、次の世代に手渡されます。

つまり、あなたが今を生きるということは、
命の炎のバトンタッチをしているということなのです。

あなたは、次の命の火を灯す、
大事な大事なリレーの選手です。
そして、今、未来に向かって
走り続けているのです。

昨日、あなたの口座には、
奇跡的に8万6400ドルが振り込まれました。
あなたは、何に使いましたか？

今日も、当たり前のように、
8万6400ドルが振り込まれました。
あなたは、何に使いますか？

明日、もし、8万6400ドルが
振り込まれなかったとしたら、

あなたは……
どうしますか……？

誰もがもつ『時間銀行』

監修／小倉 淳

時間ができました。

25年間勤めた会社を辞めて自分の時間ができました。50歳を目前にして、初めて自由に過ごせる時間ができました。

最初は自由にできる時間ができたことをゆっくりと味わいたくて、ただただ何もしないで過ごしました。そして、今まで考えもしなかった『時間』について想いを巡らせました。

毎日アナウンサーとして、生放送に追い立てられて駆け抜けてきた1分1秒の時間を。スポーツや事件の取材で歩き回って過ごした1日という時間を。バタバタと日々の仕事をこなしているうちに、すぐに巡って来るレギュラー番組の1週間という時間を。月末の喜び、待ち侘びる給料日がやって来る1カ月という時間を。そして、春、新人という名のライバルが必ず入って来る1年という時間を。

子供の頃は、あんなにゆったりと流れ、たっぷりとあった時間が歳を重ねるたびに忙しく、短いものに思えるのは何故なんだろう……。今も昔も過ぎて行く1秒の長さにまったく変わりなどないはずなのに……。

結論など見つからないうちに、ニッポン放送でラジオの生放送番組を毎朝担当することになりました。また、1秒1分に追い立てられながら日々を過ごし、流れるように1週間を過ごして行くことになったのです。

そんな緊張感に胸を踊らせながら番組の打ち合わせをしていた時に、ある一編の詩をスタッフから見せられました。アメリカで始まったチェーンメールのひとつで、『時間』を題材に綴られている詩でした。

自分の想いを重ね合わせるように夢中になって読みました。

『時間銀行』と名付けられたその詩は『時間』を日々、使い切らなければ消えて無くなってしまう預金になぞらえ、その有り難さを、そのはかなさを、そしてその残酷ささえも穏やかに表していたのです。さまざまな表現で『時間』を表して、さまざまな言葉で『時間』というものを伝え綴る『時間銀行』。番組に関わるすべてのスタッフの思いから、日々の番組の締め括りに、毎日、生放送のエンディングでこの『時間銀行』を読み伝えることにしました。

何度も放送で読み伝えているこの『時間銀行』。実は、読むたびごとに違った思いが自分の中に広がる不思議さがあります。その日の天気や体調、伝えるニュースの内容などで、希望に満ちて思える日もあれば、切なく感じる日もあるのです。

幸い、リスナーの皆さんにもこの思いが伝わり、大きな反響を頂きました。そして、さまざまに表された『時間銀行』を1冊の本に仕上げ、思い巡る数々の写真と共に皆さんにお届けするに致りました。

この1冊の中ではさまざまな『時間銀行』を収めています。もともとがチェーンメールからスタートしたこの『時間銀行』は、今もさまざまな人の思いを乗せて世界中の人々の心に広がり続けています。

今度は、あなたの心に浮かぶ『時間銀行』を今を共に生きる人々に伝えてみてはいかがですか？

１９５８年神奈川県生まれ。成城大学法学部卒業後、日本テレビに入社。イギリスのＢＢＣ放送にも出向し、現地の日本語アナウンサーとしても活動。06年に25年勤めた日本テレビを退社し、フリーアナウンサーに。現在は毎週月～金、ニッポン放送「小倉淳の早起きＧｏｏｄ Ｄａｙ！」でメインパーソナリティーを務めるほか、「秘密のケンミンＳＨＯＷ」などでナレーターとしても活躍中。２００８年４月より、江戸川大学メディアコミュニケーション学部准教授に。

著者
吉田 浩
天才工場代表
童話作家
『日本村100人の仲間たち』(日本文芸社)は45万部発行の代表作。
『もし、20世紀が1年だったら』(廣済堂出版)『おさかなパラダイス』(全日出版)
『カラスを盗め』(KKベストセラーズ)『タマちゃーん』(KKロングセラーズ)
童話の解説書として、
『「星の王子様」の謎が解けた』(二見書房)『指輪物語～その旅を最高に愉しむ本～』(三笠書房)などがある。

企画
おかのきんや
マンガ工場工場長
2006年、編集プロダクション「天才工場」のビジュアル事業部として、「マンガ工場」が誕生。
出版・広告業界で実績のある漫画家・イラストレーターをネットワークし、出版プロデュースを手がけるクリエイティブ集団。
『聖まる子伝』(さくらももこ著 集英社インターナショナル)
『絵本・虹の橋』(湯川れい子著 宙出版)『鶴太郎のぬり絵』(片岡鶴太郎著 世界文化社)
『ノスタルジックぬり絵 昭和の電車・街の風景編』(諸河久監修 誠文堂新光社)
『ココロのサプリ しあわせなぞなぞ』(見山敏・おかのきんや著 東邦出版)

SPECIAL THANKS
大屋智子, 大崎美加, 服部弘, 清水りょうこ, 脇水哲郎, 越中矢住子, 成瀬まゆみ
陽菜ひよこ, 斎藤弘子, 松まりこ, 吉井春樹, 吉田桂子

スタッフ
カバー・本文デザイン／川口繁治郎(リバーズ・モア)　表紙写真／山﨑剛　本文写真／長尾浩之
編集／オフィス旬(外山知子／ヤマダジナ)

人生の時間銀行
あした元気になるために

発行日
2008年5月10日 初版第1刷発行
2008年6月10日　　　第2刷発行

著者
吉田浩
企画
おかのきんや
発行者
近衛正通
発行所
株式会社ニッポン放送
〒100-8439 東京都千代田区有楽町1-9-3
発売
株式会社扶桑社
〒105-8070 東京都港区海岸1-15-1
電話03-5403-8870 (編集) 03-5403-8859 (販売)　http://www.fusosha.co.jp
印刷・製本
図書印刷株式会社

ISBN978-4-594-05579-0